文字森林
READING FOREST

文字森林
READING FOREST

文字森林
READING FOREST

文字森林
READING FOREST

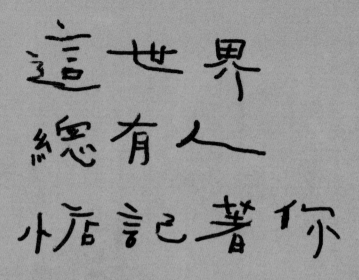

這世界
總有人
惦記著你

練習好好生活的66則詩語錄

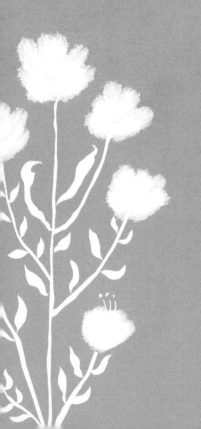

詩生活
（陸穎魚）
著

目錄

序詩／好好 4

第一章 困惑與孤獨 7

第二章 失去與珍惜 29

第三章 失敗與脆弱 59

第四章 理想與成長 83

第五章 啟程與抵達 109

第六章 關於好好活著 133

第七章 但我不願讓你一個人 157

序詩

好好

世界的檸檬光
在黑暗中
緩緩吐出呵欠

天使藍的清早
我們喝下第一杯
溫柔與安好

甜甜酸酸的味道
使靈魂或渺小或沉重
都能帶著甜蜜面對今天

醒著來做夢吧
我們打開綁著絲帶的
生命盒子

沿著希望的輪廓
揀選一隻快樂口罩
戴上新式語言的微笑

為了守護與陌生人
在茫茫人海中
擦肩而過的一秒美麗

微風彈奏街道的脈搏
花草樹木擺動身體的詩意
萬物皆慈悲

於是我們繼續行走
在陽光照射不到的地方
也要好好生活

第一章
困惑與孤獨

世界以痛吻我／要我報之以歌。

——印度詩人泰戈爾（Tagore）

01

複雜的不是關係本身，
而是人心的變幻莫測。

世事朦朧，是人都會有所困惑。詩人顧城的作品〈遠和近〉裡，就用看雲的角度做隱喻：

「你，一會看我，一會看雲。我覺得，你看我的時候很遠，你看雲的時候很近。」

表面上，以遠近推敲兩個人之間的身體微妙距離，其實更在乎的是「你」的心思，是否已經離「我」而去。

有時候，複雜的不是關係本身，而是人心的變幻莫測。

當生命中的困惑降臨，或許正是了解內心的最佳時機，不如嘗試抬頭仰望毫無雜訊的天空，靜看那些雲霧如何流轉或迷失，感受當下活著的真實感覺，相信自己擁有足夠的勇敢，面對各種關係的新變化。當你準備好了，你就是自己最好的旅伴，隨時能出發欣賞下一段美麗風景。

02

孤獨沒有不好，
它比寂寞更接近愛和慈悲。

在孤獨國度裡，我們不論身分高低，面對歲月很惡這回事，過去不復返，未來只可期，每個人能夠把握的只有現在。即使拚命活著，有時也難以抵住時代洪流衝擊。

有時，我們覺得自己像山峰一樣孤獨，不會想到抬頭正是雲彩盛放，腳下是寬廣海洋與陸地。歲月安穩，說穿了只是內心不夠踏實。孤獨時，嘗試翻開淹沒靈魂的厚雪，與生命中的問題誠實相對，不急著回應，不害怕面對，重新思考孤獨與寂寞的差別，就能發現從孤獨流露出來的山水，是溫暖生活的能量。

03

有些煩惱不要丟掉，
它是光源，
帶你抵達答案。

煩惱像雨，時輕，時重；時細，時大；時慢，時急，即使雨過天青，當生命中的烏雲再次非法集結，雨又會捲土重來，不會停止的雨，就像永不休止的煩惱。

但你知道「太陽雨」嗎？這是一種在陽光普照時發生的下雨現象，太陽雨下完後，多數會有彩虹出現。即使在疲倦的夜晚，傾盆大雨時，天空中仍有一輪明月，為孤獨人們小心輕放著。原來，任何時刻落下的雨，都是從光明而來，並非全然之黑暗。

無論你現在手上是否有傘，無論你正在經歷那種情緒的雨天，你都可以幻想我正陪著你雨中散步，我們一起捉摸那些栩栩如生的光，但願雨停之後，生命中的惆悵與迷惘都已經被淋熄。

04

這世界的廢話，不會對你善解人意。

交談不是一件輕鬆的事，因為傾訴與傾聽都需要雙方交出厚重心意，才能達到被理解與被重視。在交談過程中，如果有一方失去耐心，人們會開始省略事因和語境，當話不能好好地說，溝通將失去意義，誤會將有可能發生，因此不要關閉耳朵，嘗試運用耳朵的天生本領，反思那些看起來毫無意義的廢話或噪音，去碰觸住在內心的靈魂之聲。

當我們察覺到什麼是真話、廢話與謊話時，也代表我們有足夠智慧，把語言的意義有效地融入日常生活運行，從中分辨出個人對真實渴望與虛幻需求之別，幫助生命做出更好的選擇。當我們懂得如何好好說話，就能創造更多真誠與深刻意義的交談，了解自己，也更有餘裕諒解別人，甚至能夠向社會提出更多好問題，讓世界變得更完善。

05

想笑就笑，
想哭就哭；
靈魂會快樂，
就會痛楚。

微笑、哭泣、快樂、痛楚，極端的情緒就像我們的雙手。有時候，手背對人歡笑，其實躲在背後的手掌已經淚流不止。靈魂會快樂，就會痛楚，所有事物都是一體兩面的，我們不可能只要生命中那些好東西，然後拒絕那些壞的。無論你是否努力活著，這世界都有可能覺得你在對抗它；即使你一臉真誠善良，別人也可能把你看成是個虛偽的人。

世界並不完美，人的情緒也一樣。記得某個新年，我讀伊朗籍導演阿巴斯（Abbas Kiarostami）的詩集，讀到整個身體抽搐，他的詩有一種非常寧靜的寂寞感，詩句短短幾行，充滿對人的體悟：

「我失去／我得到的。／我得到我失去的。」

失去既是得到，我們往往握緊失去所引發的負面情緒，卻疏忽「失去」是對「擁有」的另一種詮釋。靈魂疼痛，不是因為犯錯或失敗，而是我們都非常幸運地曾經得到幸福。

06

陷進人潮洶湧的熱鬧，也不勉強自己歡笑。

我們都不想被人討厭，於是出席不想參與的場合，結果卻是獨自坐在眾聲喧譁人群中，覺得全世界只剩下自己孤孤單單。其實別人也沒有排擠你，只是你對無謂的熱鬧感到惶惶不安，內心突然破了個洞似地，思緒比獨處時，更加空虛茫然。

不想被人討厭，於是強顏歡笑，但是當你選擇迎合別人的喜歡，那你就是用別人的想法在度過你的人生。起身離開吧，我們不需要為每個擦身而過的人獻上笑容，如果微笑沒有真正意義，那我們又如何理解哭泣的狀態、心碎的經驗？把餘生的微笑，留給珍貴的人兒吧。

在人潮洶湧的熱鬧裡，有時候，我們需要勇敢地轉身離開，回去享受一個人的狂歡。

07

走得慢，也是一種前進。

大家好像都正在往夢想努力前進，如果在這條路上，我走得很慢很慢，是不是等於落後別人呢？到了最後，會不會只剩下我孤單走著呢？奇怪的是，當我在後面看著他人渾灑汗水的背影，我一點都不覺得丟臉，也不想因為比較或競爭，強迫自己調整步伐。

自己的路，如何走、怎樣走，走得慢、走得快，只要專心一致，最後仍會抵達目的地。走得很慢，也是一種前進，所以我想依照心意，自在地喝茶、吃飯、走路、睡覺。

人生漫長，我們才是自己必須攜帶的重要行李，陪自己走路，而不是和別人賽跑，跑累了就停下來休息，此刻陽光明朗，你緩慢的呼吸聲如此美好。

08

懂得享受孤獨，才是真正的大人。

一個人吃飯，還是覺得美味；一個人走路，還是覺得安心；一個人睡覺，還是覺得溫暖；一個人旅行，還是覺得好玩；一個人哭泣，還是覺得沒關係。真正的大人，不會拒絕孤獨前來探訪，反而會積極尋找孤獨的機會，用一種寬心與自在愉悅的心情，與孤獨共處。

在孤獨的房間裡，我們不受外在世界煩擾，擁有一個安心之地，可以好好療傷。享受孤獨的意思是，我們不用咬牙忍耐，等待孤獨情緒過去，而是平靜浸沉於孤獨所帶來的各種人生思考。如同哲學家叔本華（Arthur Schopenhauer）所說：

「一個人只有在獨處時才能成為自己。誰要是不愛獨處，那他就不愛自由，因為一個人只有在獨處時，才是真正自由的。」

09

每個人都寂寞，
寂寞的時候，
每個人都想去愛人。

愛是不公平的，所以不是每個人都能被愛；但寂寞卻是公平的，所以每個人都寂寞。

寂寞的時候，每個人都想去愛人，愛更多的人。這是什麼意思呢？就是愛一個人還不夠，需要愛很多個別人才能夠填滿寂寞，但這種欲求是沒有意義、沒有深度、沒有未來的，它只是寂寞惹的禍。等寂寞感過去，等你清醒過來，就知道，這終究只是愛的假象。

10

天上沒有星星閃耀時，
你就去看看自己的眼睛。

詩人湖南蟲寫過這樣的詩：

「心什麼時候可以自由？一顆星星／在你的附近，動彈不得／無法遠離且／再近一點就粉碎。」

以前還能抬頭就看見星星時，我都會在心裡偷偷地問：星星，你知道誓言跟謊言的分別嗎？星星，你為什麼還不去睡覺，你也跟我一樣睡不著嗎？星星，我很累了，你一直發光，你不累嗎？

後來，光害愈來愈嚴重，我跟天上的星星失散了。再後來，我學著去看玻璃鏡子裡，那雙存在世界上獨一無二的眼睛，我知道只要我願意，這顆星星永遠不會消失不見。我想，每個人終究要學會的事情是，靠自己發光。

第二章
失去與珍惜

愛情太短／而遺忘太長。

——智利詩人聶魯達（Neruda）

11

你不在這裡，
我就在那裡想你。

當你真正地不存在這裡，連空氣都變得乾燥起來。

後來我發現，想念是我收藏你的最浪漫儀式。在那個最光明、也最陰暗的角落，我們一起生活過的所有細節，終將成為時光塵埃，等風一吹，我們會再次分道揚鑣，同時愛過的遺憾會留下來。

想到這裡，我就多麼慶幸，這輩子最珍貴的遺憾是曾經擁有你。

12

這世界有很多美好的人，
你是其中一個。

To be or not to be
還是要流些眼淚
還是要提醒自己
記住做人的意義
幸而有你／給我擁抱／幫我擦淚
使一些破碎不那麼鋒利
未來是屬於你的
即使世界禮崩樂壞
願你保守內心
做一個光明磊落的人
做一個喜歡自己的人

13

在愛的終點，
放下是最後的祝福。

失去一個人，你是有徵兆的，它是一個遲早會在現實生活裡發生的夢。已經失去的人，就像潑出去的水，大家都說找不回來的感情叫覆水難收，所以你不用再浪費每年的生日願望了，下次看到流星劃過夜空，只要在心底許願他平安健康就好。愛情這回事，如果不能天長地久，至少好聚好散，你只能告訴自己：「牢牢記住它。」

在愛的開端，表白是勇敢；在愛的終點，放下是最後的祝福。

14

你不必摧毀自己來證明
那是至死不渝的愛。

你也曾經想過摧毀自己嗎？

讓對方有能力傷害自己，那都是我們暗地裡首肯的事。凡是人，體內都有天生的自我保護機制，只要察覺危險，就會變得小心翼翼。而那些能夠接近我們，帶來措手不及的打擊、傷害、背叛之人……都是我們所愛和所信任的。

或許，我們早就嗅到危險味道，但因為愛，所以選擇相信，相信對方不會傷害自己。我們錯了，有些人靠近就是為了製造傷害與毀壞。

而為了得到愛摧毀自己，是最不值得的愛。

15

害怕失去你，
勝於失去我自己。

遺囑是什麼？

是我要死了，我要把我擁有的東西留給你。兩個人相愛著，除非約定殉情，而且要殉情成功，否則一定有個人會先走，有個人被留下。我不知道先走跟留下的感覺是什麼？我只知道，那是個非常非常遙遠的距離，遠到我坐太空船也找不到你。

16

最好的風景是，
我愛你，
也愛我自己。

我們，尚未命名的愛情，專屬某種微風的粉紅色。
夏天讓我成為柔和的火，焦糖成奶油，融合你。
耳朵裡，神祕的一小片曇花，當你重新睜眼，一隻蝴蝶從石頭裡飛來，
所有愛情都如願以償。
最好的風景是，我愛你，也愛我自己。

17

我們辛苦降臨世界，
不是為了討厭自己。

愛自己很困難，討厭自己卻很容易，它彷彿是日常生活裡一件輕而易舉的事情。但我更恐懼，當討厭自己成為一種癮，像抽菸，像酗酒，像賭博。邪惡的癮，注定某天會毀掉一些你眼睛看不見、但是異常珍貴的東西。

討厭自己沒有關係，但你必須去思考為何要討厭自己？千萬不要忘記，我們辛辛苦苦來到這個世界，不是為了討厭自己的。

18

真正的遺忘
不需要努力。

好好記得，是勇氣；好好放下，是豁達。

左心房有個位置是留給你的，雖然你並不知道，其實你也不必知道。

我們一生中會遇見許多人，有人擦肩經過，有人擁抱後散失，有人無緣無故分道揚鑣，人生原來是相見跟不再見的交叉過程。

日子久了，有些人你會忘記，有些人你一直執拗記得，那就好好記得！

他是看過你最好和最壞的人，他給過你幸福，你還他一個紀念位置，這就是上天送你們最好的結局。

19

擁有或失去，
一切都是最好的安排。

對你來說，日光和黑夜，哪個是保護色？或者，哪個是避難處？

日光凶猛，足以殺死憂鬱的痕跡，消毒靈魂想做壞事的意識；而黑夜深深，深得像一場不能逆轉的宿命，卻使人萬分安心。寂靜是可怖的，一旦習慣，就會聽到寂靜的本質，那是宇宙的心跳。但我想，這世界終究沒有全然的白與黑，所以我們都喜愛陰影，一個哲學的樹蔭。曖昧裡，光穿梭空氣，黑眼睛盯著他與她，經過時間，就這樣不知不覺，生命輪迴便轉了一萬年，擁有或失去，一切都是最好的安排。

20

我渴望成為愛，
這樣無論你愛誰，
我都在愛你。

如果我是太陽，就可以給你溫暖。如果我是月亮，就可以給你陪伴。如果我是星星，就可以給你願望。但我更渴望我是愛的本身，這樣無論你愛誰都好，我都在愛你。

有人問：「沒有回報的愛也是愛嗎？」然而，你有能力去愛人，這不就是愛的回報？就像張愛玲所言：「你問我愛你值不值得，其實你應該知道，愛就是不問值得不值得。」

21

受傷是短暫的事，
結疤後的遺憾才綿長。

時間或許有止痛功能，但它無法阻止遺憾在心裡扎根生長，當時間愈長，遺憾由隱喻變成明喻，不再是藏匿於心底的怪物，它會浮出水面，變成生活的自然部分，於是一首老歌、一部電影、一則詩篇，足以勾起疼痛回憶，使你想起深深愛過的某人。

你傷過別人，也被別人傷過，最後發現大家都是帶著傷口生活的人，本以為這樣剛好各不相欠，但愛情通常很難有欠有還，想念總是拖泥帶水。現在回想，那時候受傷只是短暫暴雨，結疤後的遺憾才綿長，更諷刺的是，遺憾裡的痛楚竟帶著歡愉，不時安慰著平凡無奇的現在。

22

你最大的弱點是想要被愛，
最大的優點是願意愛人。

愛是一把雙面刃，傷人也自傷，沒有人能夠髮膚無損地離開。因此，愛是生命中最矛盾的一份禮物，既純潔又血腥，既美麗又醜陋，既是情書，也是遺書。

身而為人，活著的最大趣味是，你之所以是你，我之所以是我，我們都是獨一無二的，但是愛這件事情，讓天下男男女女，在某個神祕時刻，信仰愛的意義，並甘心為此放棄自由，最後無法避免地成為一群浪漫主義的同類。而我們最大的弱點是希望被愛，最大的優點是願意愛人。

23

我們不是不敢愛，
而是不敢失去愛。

明明你喜歡他，他也喜歡你，但你就是不敢去愛，因為你害怕這份愛只能短暫，不能永恆。如果愛情只能一時，不能一輩子的話，那為什麼還要在一起？原來我們不是不敢愛，而是不敢失去愛，於是寧願放棄愛與被愛的過程，放棄那個你或許可以改變分手結果的億萬分之一機會。

有些人不敢相信愛，是覺得自己不值得；有些人不敢接受愛，卻只是懦弱。無論你是前者或後者，你要知道，愛是何其幸運，不是每個人都能夠剛好遇上；當你喜歡上一個人的時候，其實你已經在失去了，因為在愛的過程中，失去從來不是未來進行式。

24

暗戀是安安靜靜地喜歡，
自己再孤孤單單地結束。

像一棟房子被你經過，像一條馬路被你走過。每天，我都出現在你的日常生活裡，你卻沒有發現我的存在。我彷彿太陽理直氣壯地給你光，像雲朵給你雨，像星星給你願望，我如此光明磊落地暗戀著你，但你還是不知道。

這是我的選擇，是我不想讓你知道這祕密的，因為我害怕我的暗戀沒有意義，也沒有力量。對不起，現在的我只能夠收藏這份暗戀，而不是勇敢站在你面前說：「喜歡你。」也請原諒我，最後只能偷偷站在你身後，用唇語跟你說再見。

第三章
失敗與脆弱

很高興我不是／他們羊群裡的狼。

——波蘭詩人辛波絲卡（Szymborska）

25

世界很恐怖，
每天醒來都是一次勇敢。

生命是從黑暗誕生之神聖，我們經過那條專屬的狹窄隧道滑出世界，眼睛還沒完全睜開，便率先吸入空氣中的憂傷，第一口呼吸竟是髒的。

我們來到這個恐怖世界遊覽生老病死，每天早上帶著宇宙歷史醒來，體驗生命的陰晴圓缺，恐懼的本質是對勇敢的召喚，當一個人心無旁騖，便無須拈花。要記得，我們都是光明本身，來自善良乾淨的黑暗，待任務完成，便會回家。

26

不要在乎成功，
不要在乎失敗，
你要在乎「活著」。

影子的聲帶虛幻
像一層鋪上霧的水蒸氣
世界潮溼的時候
你的影子會哭
而你會看著你的影子哭

你們，我是說，你和你
這本來就是一種艱難的相愛
直至女孩坐在你房間裡的地板
女孩微笑，她叫醒了你的燈泡
黑暗於是開花
但你始終不敢摘下來，你害怕

害怕別人說你有精神病
你的頭撞上純潔的牆
撞傷了正常生活也撞傷了
希望和夢，你覺得失敗
但愛本來就不應該談論成功

或者我不吃藥，或者我說謊
或者我看著我的影子哭
跟你一樣，我害怕得不到愛
那就幻想活著，繼續幻想
繼續愛或失去愛
幻想一個陌生人對你微笑

這世界沒有什麼是真的或假的
所以幻想，幻想所有美好或敗壞的事物
除了活著赤裸的身體
很痛

27

每個人都是成長的獵物。

成長深藏著失敗經驗的低調祕密，即使已經努力接受那些不想接受的，放下那些不想放下的，成長彷彿仍是無盡頭的太空探索過程。我們失敗了，最後還是成為地球上「自己討厭的那種大人」。

跟世界持續不停地對抗，跟自己持續不停地釐清生命的底線。有些抗爭總是在人與人之間的關係中跳躍，其中帶來的傷害，必須由雙方承受，於是我們懂得，傷別人跟傷自己的分量一樣。沒有人是狩獵者，每個人都是成長的獵物，被抓，逃脫，再被抓，掙扎永無止境。

最後我跟自己說，掙扎是強悍的翻譯，每次被抓回去依然想要逃跑，足以證明自由不會從天而降，但仍要追求自由。

28

沉默不是安全感，
勇敢說「不」，
才能保護自己。

沉默是金，運用得好，是一種生活哲學，否則只是一個人的麻木。面對世界，總有我們忍無可忍之時，必須打破沉默，勇敢說出「不」才能保護自己。沉默不是毫無原則和底線，而是言語的智慧，我想起詩人黃燦然寫過的詩作〈鼓勵〉：

「所以對於絕望的人我鼓勵他更絕望些
對於滿懷希望的人我鼓勵他滿心也希望
對於沉默的人我說還可以更沉默還有更沉默的
對於愛說話的人我說你說得還不夠」

當你能夠聰明地選擇沉默時沉默，說話時說話，你才真正成為一個勇敢的人。

29

哭泣不會損壞你美好的價值。

當我說討厭你時，你要知道我在說謊。
當我說哭泣不會損壞你美好的價值，你要相信那是我最純潔的誠實。

30

世界上沒有失敗的關係，
不適合不是一種失敗。

櫻花很美，自有與生俱來的花期，無法在炎夏開放，這不是她的失敗。一個男人死了，他的心臟無法移植給有需要的病者，這不是男人的失敗。戀人決定分手，不歡而散也好，和平分手也好，二人決定結束關係，這不是錯誤，沒有人需要承擔感情失敗的罪名。

只是不適合而已。這是事實，不是謊言。

我們都值得更好的生活，更好的人生。或許，我們以後都不應該執著，失敗的意義是什麼？你已經做得很好了，你不是失敗的大人，你只是不適合這個不夠包容與溫柔的世界而已。

31

不需要跟脆弱拔河，
我們就讓它贏。

在某些乳白色時間，或是在房間，或是在浴室，或是在午後幻想的遙遠海邊，我總是一個人，帶著內心無聊的另一個分身，準備遺棄的儀式。可惜每次都遺棄自己失敗，於是又戴上面具，回到世界裡沿邊緣行走。

夢醒了。脆弱仍是個無底洞的漩渦。

丟一杯冰淇淋進去，或者丟一個人進去，結果都是一樣的，掙扎到底便是幸福浮現之瞬間，無邊無際的黑暗其實有光的陰影。有些情緒與事情，我們不需跟它打仗，就以平常心面對，純粹讓風去吹，讓雨去落，讓自己回到自己的來處。

32

擁有和失去，
終將都是過去式。

過去不能執著
明天不能逃避
你現在的樣子就是現在世界的樣子

不勉強擁有
不執著失去
因為一切成功與失敗終將成為過去式

33

堅強不是一個人
與生俱來的技能。

「每個人內在都有一位年幼的受傷小孩。所有人在童年都經歷過困難，甚至是創傷。為了保護自己及防備將來再受痛苦，我們嘗試忘記從前的苦痛。」

——一行禪師

失眠和惡夢，兩個只能選一個，你會怎樣選？為什麼睡不著，為什麼夢裡只有恐懼？也許，是因為心裡有個受傷小孩仍未得到照顧。後來我也喜歡像擁抱一個三歲小孩一樣地擁抱自己，讓她晚上不要做惡夢，不要害怕明天醒來的世界。你呢？你有多久沒擁抱過自己？或許，我們現在就閉上眼睛，想像面前站著一個小朋友，你慢慢走過去，蹲下來，輕輕擁抱他。

你哭了，終於不再為誰堅強。

34

謝謝生命中各種失敗，讓我知道人生值得活下去。

波蘭詩人辛波絲卡說過：「一個人活著，就會做錯事。」

真的，如果有人跟我說，他這輩子都沒有犯過錯，我相信他，我就是個笨蛋。

但如果他說的是真話呢？如果是真的，那真是令人感到悲傷的事，沒有犯過錯誤的人生可以稱為完美人生嗎？

我只知道很累，完美主義者不會放過自己，他們做事盡善盡美，寧可承受孤單都不允許失敗。

我懂了，完美比不完美，還要危險。

失敗是有好處的，當你失敗了，才會發現身邊一直有人願意安慰你、陪伴你、支持你。

於是你找到值得活下去的意義，因為你知道，這世界上就是有人，並不介意你的不完美，甚至覺得你的不完美可愛。

所以，不用擔心做錯事，不用恐懼失敗。做錯事，就去改正；失敗了，就不認命重來一次，讓失敗開出美麗之花。

第四章 理想與成長

活在這珍貴的人間，人類和植物一樣幸福。

——中國詩人海子

35

當生命自由，
你將永遠青春。

每當歲月變幻時，人都會念想年少青春的模樣。此時，雨水正以飄落姿態為早晨畫像，一個純真而浪漫的感覺湧上心頭，原來青春是個心態，跟你頭上有多少根白髮、臉上有多少條皺紋，完全無關。當生命自在自由，日子無拘無束，當你仍對世界充滿探索的熱情，你就能永遠跟青春劃上等號。

印度詩人泰戈爾說過：「青春是沒有經驗和任性的。」沒有經驗，因此我們把犯錯變成一種長大經驗；任性於是莽撞，但那時候我們是真心相信，這是一個少年對殘酷世界的勇敢挑戰。然而現在我們都是千瘡百孔的大人了，葡萄成熟後才知道，愈美好愈燦爛的青春，愈要背負後悔和傷心的代價。

時光不能倒流，但青春並非一去不復返的小鳥，只要青春結成內在自由的果實，誰都可以繼續寫後青春期的詩。

36

你不用給我最好版本的你，
只要你喜歡自己就好了。

「他常想著要做個好人，要慈善、要勇敢、要睿智，不過這一切都相當困難。如果有機會的話，他也希望為人所愛。」

——《夜未央》

自懂事以來，我就一直想要做個好人，以為這樣才會被愛，才不會被人討厭。後來，我發現世界上有很多跟我擁有相同想法的人，我們都想把自己打造成一個最好最美的版本，被喜歡的人擁有與珍惜。但為什麼最後我們還是不被愛呢？自卑。

自卑的人，都想要一個愛人，一個完美家庭，他們最大的願望是永遠不被別人拋棄。自愛與自卑看似一字之別，但其實只是一個抉擇而已。若寂寞夜色能包含溫柔，或許我們都能兼顧自愛與自卑的平衡，現在的我仍有不自信的地方，也會害怕失去愛，但我不會覺得自己不值得被愛了，因為那個人說：「我只要你喜歡自己就好。」

時光珍貴，一個人活在世界上最好版本的靈魂，說到底就是喜歡自己。

37

理念要堅強，
人心要柔軟。

如果人生只有目標、沒有理念，那可能會有一種結果，就是你的外表變得更成熟穩重，但內心還沒有真正成長。

目標與理念常常有著密不可分的關係，不論個人或企業，都很少只談論它們其中一個。目標似雲，例如我想要三十歲結婚、四十歲置產、五十歲退休，這些雲朵（結果）實現都是肉眼能見的；但理念似霧，比較像是抽象化概念，背後追求的是對生命的想法、意義及價值。

人生目標會隨著時間、心態和現實環境因素改變，甚至放棄，但理念就像是終身承諾，我會形容它是沒有尖角的圓圈，當理念足夠堅強，即使行走路線遇到障礙，終究能夠回到內心與自身的圓融。

那目標像什麼圖案？直線吧。我們一直在直線上盯著終點往前跑，可是跑得愈久，愈不知道追求的是什麼？如果中途放棄，一切就在那刻終止，沒有抵達目標，但也沒有退路了。

38

真正的長大
是敢於自己的原形畢露。

陽光燦爛是最美的濾鏡，走在街道上的陌生人都受到陽光公平洗禮，有些女孩跟我擦身而過，她們身上味道香香軟軟的，可是聞多了就發現都是那種甜膩糖果滋味——香水是另一種隱形華服，保護著日漸衰敗的肉體，香水填補毛細孔的傷心洞穴，但水泡一戳即破，流出來的是不能言說的佯裝堅強。

女孩啊！你就勇敢地去當個脆弱的人吧，向別人坦承弱點，即使最後被傷害，你比過去變得更脆弱易碎，但活在這個時代，沒有任何人是完美無缺的，被愛跟受傷都不是偶然而來的狂風暴雨，凡是命中注定的壞天氣，我們都只能走進其中，一邊抱怨，一邊承受，一邊洗滌，一邊成長。

讓別人愛上你的原形畢露，勝過短暫喜歡你的美麗假象。

39

我是極為重要的，
也是微不足道的。

醒來，咖啡或可樂，打電動或看詩集
偶然想起，談過的那場愛情，哭過的那場葬禮
每天出現的太陽與月亮交替，每天修正人類
但不包括周而復始的人生選擇題
生存或死亡，只要不傷害別人
都應該原諒，關於成長的艱深是
對愛與恨的尊重

40

如果你掉下來，
我會接住你。

如果我掉下來，你會接住我嗎？如果是你掉下來，我會接住你。

生命比想像中脆弱，但也比想像中堅強，有時候撐不過去，真的是一念之間選擇歸零。在黑暗無光的瞬間，在恐慌混雜焦慮的瞬間，在害怕自己活不到明天的瞬間，其實只要有個陌生人跟你說：你是美好的人，就足以讓你撐過地獄的夜。

天堂很高，難以抵達；地獄不深，就在腳下，隨時能把人拉下去。如果現在你就站在懸崖邊，我想說：你是美好的人，不要跳下去。

41

一人份的自衛
是先要照顧好自己。

「今天過得如何？」「中午有好好吃飯嗎？」「晚上又睡不著嗎？」

每天都付出最大努力照顧自己，每天就會綻放出最美的樣子。你要相信，對某人來說，你就是世界上獨一無二的玫瑰，但你的香氣、你的姿態、你的美麗，首先需要自己用心培養生長。

無論如何，都勿忘先把最大的好意留給自己，當你的身體說累了，就要懂得休息；當你的肚子咕嚕咕嚕，就要好好吃飯；當你的心受傷了，就要伸出雙手擁抱它。

人生是場硬仗，我們都要做自己生命中第一個好人，照顧好自己，才能去保護別人。

42

不需要高貴理想的身分，
只需要讓人成為人。

當我在青春期開始思考死亡的時候，就隱約發現，這世界並不是全然溫柔地接納所有人類差異。其中一個最深刻的自我覺醒是身分問題：貧富、學歷、家庭背景，連高矮肥瘦都可以成為罪名，或被別人開玩笑時，我就確認了一件殘酷事實，「身分」是不平等的社會隱形標籤，而大部分人為避免成為不平等下的受害者，竟自以為開竅明白追求「身分」，也不過是順其自然的生存演化過程。

思考至今，我想別人看見我的是「什麼身分」呢？是真實的？還是虛構的？現今時代流行「人設」，說穿了，那不就是表面輕鬆，實質沉重的一回事。你最好是天生的演員，把這場戲從開眼演至閉眼，身分貴重同時輕如鴻毛，一不小心，一個閃神，就會從網路中被刪除。

43

不是完美大人，
才是正常人。

在這個不完美的世界裡，不完美的大人才是正常人！

身為女性，光是想到婚姻議題對女性的歧視與打壓，我就知道人生不可能完美——未婚未育、未婚已育、已婚未育、已婚不育，這些事情層層剝開，就能看到女性在承受的各種焦慮與身心靈傷害，而我最討厭聽到的一句話，就是「沒有生小孩的女人不是真正的女人」。

人生只有一次，結不結婚，生不生小孩，都不應該成為一件做給別人看的事情。完美人生，也不需要一個老公跟一個小孩來完整，當我們了解到，完美是件自討苦吃的事，就不要逼迫自己走投無路。

44

善良不是表演，我們也不是演員。

當善良變成一種表演，那叫做偽善；當你給了別人不需要的善良，那叫做好心做壞事。你想過嗎？善良是可以被拒絕的。當大家說善良是一種選擇，我更想說：「善良是有緣千里能相會，無緣對面不相逢。」

誠實的善良，不需要戴上面具，不需要刻意練習，不需要忍辱負重；但我們更需要學習的是聰明的善良，把它給真正有需要的人，給你非常珍惜的人，給那些會心存感激的人。善良不應該是理所當然的事情，如果別人對我不好，我不會繼續對他好，來表現我是個更好的人，原因是我對自己的善良，就是不受委屈。

善良跟愛情一樣，需要兩個人的交流，你怎麼對我，我就怎麼對你；而不是你一直問我借錢，我賣掉房子也要義無反顧地幫你，三十歲以後，我才不要對別人善良，對自己殘忍。如果人生如戲，我們應該知道，最好的表演是回到初衷做自己。

45

生活和生存，
你至少要戰勝其中一個。

面對生活，盡力不放棄；
面對生存，盡力不背叛。

感受生活，要有點執迷；
感受生存，要有點執著。

即使生活困難，生存艱難，
你都要相信可以險中求勝。

46

成長是
愛與受傷的總和。

如果只能選擇，選擇愛人而不是被愛，選擇受傷而不是傷人。活得愈久，你會發現活著有時候不是一件好事，但它也不是一件壞事。成長太痛，但也有甜蜜滋味。

好好活著，好好成長，祕訣是保持愛與受傷的平衡。平衡是，你煮一道菜，加點鹽，加點糖，攪拌之後的味道，不會很鹹也不會很甜，味道剛剛好。成長有如燒飯煮菜，愛表面上是甜點，仔細想想，其實是一碗甜蜜的白飯。受傷喝起來很苦，但是苦口良藥，把它吞進肚子，一切都會好起來的。

第五章
啟程與抵達

只有謎可以到達另一個謎。

——台灣詩人夏宇

47

再往前走一步吧，
趁還沒世界末日。

真正的世界末日不是天崩地裂，也不是肉身死亡。或許，我們從來不相信世界真的有末日，才會任由時光匆匆流逝。因為太睏了，所以今天逃學吧；因為午餐太難吃，所以丟進垃圾桶吧；因為活著太無聊，所以去捉弄別人吧。

生活中的人事物彷彿都不必特別珍惜，就算今天沒有感到幸福也沒所謂，因為明天太陽照樣升起！原來我們真正的敵人不是世界末日預言，而是搞不清楚時間為何如此珍貴。如果世界末日不是謊言，你還會讓生活停滯不前嗎？

48

在這個世界邋鞦韆，
自由只是錯覺。

哲學家盧梭（Rousseau）的著名作品《社會契約論》（*Du contrat social ou Principes du droit politique*）開篇第一句話是：「人生而自由，卻無往不在枷鎖之中。」

你是否也幻想過，世界是個華麗遊樂場，我們渴望身處其中盡情玩耍。排了許久許久的隊伍，終於坐上期待已久的鞦韆，搖搖晃晃之間，總是嫌鞦韆盪得不夠高，當眼睛觸及天空，便以為得到全世界的自由，卻沒發現這種自由同時處於搖搖欲墜的狀態，你所看到的並不是全視野的天空。

自由有不同境界，舉例在愛情世界裡，給予或剝奪自由都可以被解讀成愛的意義，於是自由變成一種主觀，人人都有屬於自己版本的自由意志。說到底，自由是個哲學難題，自古以來的自由理論多不勝數，但我想，即使真正自由不可得，至少我們仍有自由選擇，在乾旱沙漠裡分一半水給駱駝，看見需要幫助的人，不吝嗇伸出援手。

49

第一次地震，
感覺是星星跳下來抱我。

「忽然之間／天昏地暗／世界可以忽然什麼都沒有／就算時針都停擺／就算生命像塵埃／分不開／我們也許反而更相信愛」

這是香港詞人周耀輝與李焯雄共同為莫文蔚填詞的〈忽然之間〉，當大家以為這是首經典式情歌，其實創作背景卻跟台灣九二一大地震有關，兩位詞人想要傳遞一個訊息：當世界在瞬間一秒天昏地暗，也勿忘愛能點燃黑暗。

地震來的時候，沒有人能按下暫停鍵，我們只能等待天崩地裂的恐懼過去。人生中許多人事物不可能永遠停留，但是曾經擁有過，從此便有了想念的依歸與寄託，讓傷痕累累的靈魂增添一份溫柔。每次地震都彷彿是第一次的鬼屋冒險，我告訴自己，保持冷靜、不要害怕，遇見鬼了就當作是星星跳下來抱我，待黑暗過去，就要更珍惜生命的重新啟程。

50

我在尋找更高的天空
讓我做夢。

站在地上，抬頭看天空，覺得它很高很遠；坐在飛機裡，從窗口望出去，雲層在身邊飄流，彷彿就能伸手觸及，但此時愈靠近天空，卻愈害怕突然自己掉落。王菲唱：「我的天空／為何掛滿溼的淚／我的天空／為何總灰的臉。」我們一直仰望更遠、更高的天空，以為在別處會有更多機會，更多運氣完成人生目標，但理想生活不在他方，天空明明只有一個，無論人走到哪裡，其實都只是在天空底下兜轉。

天空無法告別，遠走高飛只是自欺欺人，如果你想盡一萬個方法逃跑，還不如勇敢留在原地，用那一萬個方法重新設計人生，當任何地方都不能定義和限制你，你的存在才能更加理直氣壯。一個人的眼界夠大，就不會有狹小天空，而且在人生走投無路時，天空就是最大的擁抱啊。

51

有種休息在悲傷中進行，
有種希望在絕望中誕生。

在網路看到一個有趣名詞叫做「悲傷日」，又稱為心理健康日，雖然它沒有官方定義，意思大概是當我們感覺到情緒不對勁時，可以允許自己請假一天休息，暫時逃離龐大的生活壓力。

悲傷是幸福的挖掘者，但有些人卻選擇隱藏，於是變得更加壓抑；有些人選擇接受，反而更能敞開悲傷的能量，從中獲得與自己親密連接的神祕時刻。任何情緒都有其誕生意義，都有想要告訴我們的人生道理，所以不應該用任何藉口堵住悲傷的嘴巴，反而要讓它盡情傾訴。

我想你記住，悲傷的盡頭不是不幸，而是傷口的療癒，如同希望往往是在絕望中茁壯的花朵一樣。當我們身處絕望時，就用置之死地而後生的絕望去愛，相信黑暗最終會瓦解，陽光將從隙縫中溜進來。

52

消失的人只是去了
更好的遠方玩耍。

消失不是遺忘的代名詞。

總有一些突如其來的奇異瞬間，可能是微風吹過，可能是聽到一首老歌，可能是經過某個熟悉的公園，於是你想起已經消失在生命中的人，即使埋怨過，原來最後仍是念念不忘他們現在在哪裡？生活過得好嗎？

當他們的臉在心裡升起，相識彷彿是剛剛發生的事。當然很快你就知道，這都是幻想，但歲月的功課讓你懂得，一個人的消失並不代表感情的結束，因為仍然在乎著，於是他們才會留在身體裡那個最隱密的小房間。

但是沒有你在身邊的我，有時候還是會對自己說謊：你的不在，只是去了更好的遠方玩耍。與其一直悲傷你的離開，我寧願相信，你是在更好的地方好好生活。愛一個人，不是勉強或為難他留下來，而是讓他能飛多遠就有多遠，如果可以，我願意給你整個天空的自由。

53

人生不能只想著往前邁進，
也要懂得回望的美好。

既然不能修改千瘡百孔的過去，不如從中找出僅存的美好。當你願意賦予過去一個新的眼光，它就不會那麼難看。聽說美國導演伍迪．艾倫（Woody Allen）是個不喜歡活在過去的人，所以不會保留紀念品，甚至不會留著電影海報、電影劇照、通告單。他認為，過去就是過去，不需要回味咀嚼。

但我覺得過去的回憶，反而是對人生的一種致意。畢竟每個我們努力尋找改變與突破未來的當下，都成為了我們最永恆耀眼的過去，更重要的是，正是那些不能返回的過去，讓我想起，那些時光塑造自己的日子是如此珍貴。

54

現在的我閃閃發亮，
因為你燙過我的心，
已經從玻璃變成鑽石。

我後來發現，這樣去想像你的離開會比較快樂：

你並不是不再愛了，你只是換了另一種方式來讓我思考愛的意義，你只是只能用離開的背影來讓我更加記憶你的臉，而傷口是我們互相送給對方的紀念品。在愛情裡，我不能因為我痛，就以為你不痛，我必須誠實，愛的焦慮與不安曾在我們之間流浪；我也必須承認，現在的我閃閃發亮，是因為你曾經燙過我的心，已經從玻璃變成鑽石。

55

他從天橋上搬到天橋下，
你不能視而不見。

印象中，我最早看到乞丐身影是在菜市場門口，然後是百貨公司門口，一些人來人往的馬路街口，天橋上還有天橋下。小時候看到乞丐時都會覺得害怕，他們有的身體殘缺，衣服髒兮兮，還有一股難聞氣味，旁邊通常會放著很多破舊的塑膠袋和塑膠瓶，或者是一部已生鏽的手推車……。

雖然我對乞丐有刻板印象，甚至有毫不自覺的歧視，但日子漸久，我反而對乞丐產生一種莫名的牽掛。乞丐都會在固定位置「上班」，那位置就是他們的地盤，有時候在放學路上，如果沒有看到熟悉的乞丐，我會擔心他是否發生什麼事？乞丐也曾是父母親的寶貝，為什麼他們無家可歸？他們的親人到底在哪裡呢？

當這個社會充滿缺憾時，我們不能只關心自己的完整。思考乞丐是誰，透過他們思考我是誰，當我們同為社會結構的部分，就沒有人能夠置身事外，對別人的苦難沉默與冷眼旁觀不能對抗世界。

俄國作家托爾斯泰（Tolstoy）說過：「每個人都會有缺陷，就像被上帝咬過的蘋果，有的人缺陷比較大，正是因為上帝特別喜歡他的芬芳。」面對乞丐，我們又敢說自己活得比他們幸福與高尚嗎？

56

旅行是流浪、
遊戲和冒險，
只有回家是真正靠岸。

「幸福的家庭都是相似的，不幸的家庭卻各有各的不幸。」

——《安娜．卡列尼娜》（*Anna Karenina*）

當我們怪罪父母，有否想過父母也曾像我們一樣，怪罪他們的父母？對自己，對父母的厭惡與傷害原來都是輪迴，直至最後，我們最在乎的，竟是誰先毀掉誰。就在那個心碎瞬間，我們無比渴望長大，渴望盡快離開這個所謂的家，而我們後知後覺，離家其實是遲早的事。

我們最終會跟隨父母年輕時的步伐，帶著一顆倔強的心推開家門，後來的生活如何，則是各有各的一言難盡。翻開生命的護照本，不同時期都蓋上了受傷的戳章，我們是否又想過，我們的傷口正是父母的傷口？

出來社會工作後，疲憊總是讓我們在車上不小心地睡著，聽著耳機裡傳來的歌，眼前的窗突然就起了霧，花光力氣返回自己的小房間，沒有爸媽，沒有家常菜，埋在心裡不為人知的辛苦，只剩下冷的感覺。

曾以為，離開家的旅行一定美好，後來才知道，那同時包含著孤獨的流浪，危險的遊戲，艱難的冒險。海浪累了，就會靠岸，那人呢？

第六章
關於好好活著

再遙遠的地方／心也可以抵達。

——日本詩人谷川俊太郎

57

不要解釋國家，
要解釋愛與公義。

人民到底有沒有責任愛國？

這是個好問題，即使我還在尋找最佳答案，即使現在是科學日新月異、經濟發達的時代，奈何世界各地的戰爭、饑荒、難民、童婚、貧窮等問題仍歷歷在目，我想了很久也很多以後，如果對國家的身分認同，讓我失去對世界的理性思考與道德標準，忘記最重要的愛與公義，那我會選擇先成為一個「人」（human being）。於是，另一個問題浮現，到底人是為國家還是自己活著？

生於北京的詩人北島，在「五月三十五日」事件之後，便流亡海外二十多年，他一生寫過不少著名的政治詩，〈宣告——獻給遇羅克〉則是非常打動我的一首詩歌：

也許最後的時刻到了
我沒有留下遺囑
只留下筆，給我的母親
我並不是英雄
在沒有英雄的年代裡，
我只想做一個人。

寧靜的地平線
分開了生者和死者的行列
我只能選擇天空
決不跪在地上
以顯出劊子手們的高大
好阻擋自由的風

從星星的彈孔裡
將流出血紅的黎明

活著，選擇做一個人的道路比愛國者更為艱鉅。戰爭能殺死肉身，但它不能摧毀善良靈魂的精神與思想。

58

生命不能只談理想，
不談遺憾。

談理想，不會讓人看起來更高尚；不談理想，也不代表那人就是平庸之輩。至於談論遺憾，往往予人一種人生很狼狽的感覺，那絕對是我們對遺憾的誤解。

古希臘哲學家蘇格拉底最著名的名言之一：「未經反省的人生是不值得活的。」如果談論理想是我們用心致力追求的未來目標，那遺憾可能正是我們曾經花光精神、力氣和運氣，最後也無法達成的事情。

談論遺憾是我們不能割捨的生命部分，因為反省如此重要。

59

微笑和流淚，
都是與生俱來的漂亮。

如果臉是天空，微笑是陽光，流淚是下雨，你不覺得這樣的天空很美嗎？當陽光與雨水累積夠多了，臉就會變成一幅很有意思的地圖，我們可以順著陽光的陰影去冒險，也可以跳進雨水的河流去游泳，這些都是與生俱來的漂亮痕跡，並不是醜陋疤痕。

開心時忍不住歡笑，傷心時忍不住流淚，就像一個人日出而作，日落而息的大自然循環狀態。人活著，不會俯拾皆是美好與溫暖，如果地球只有陽光而沒有雨水，各式各樣的生命也就失去繁衍的環境。

日子也是日常，笑與哭只是日出與日落的交錯，讓生命順其自然地生長，生活自然就會漂亮。我們都要好好記住：愛笑的人不是笨傻瓜，愛哭的人也不是膽小鬼。

60

即使不能常常見面，
但你好好活著
就是最棒的事。

我想你，與距離無關。
我愛你，與你不愛我無關。
但你是否好好活著，永遠與我有關。

61

曾經因為愛而失望，
卻又因為愛過而記得希望。

每個人的心底裡，都收藏著一個覆水難收的失戀故事。

曾經有個如此美好的人，以為能跟他長相廝守，白頭到老，最後他選擇離開，讓你對愛情無盡失望，以為從今以後都不能鼓起勇氣愛上別人了，這輩子只能過著行屍走肉的生活。親愛的，不要再問這世界到底是誰發明失戀。

正是這個人的離開，和這一堂寶貴的失戀課，證明了他不是你生命中所缺失的那塊重要拼圖，你必須繼續尋找真愛。長年累月對失望的沉澱與思考，時間使你懂得兩個不適合的人走在一起，終究是勉強幸福，當失望與悔恨不再是拒絕愛情的絆腳石，希望之愛定能重生。

62

你要記得快樂，
你也值得快樂。

很奇怪，大家都會提醒身邊的好朋友要記得快樂，但偏偏自己總是忘記；當我們在生活上、工作上、愛情上、夢想上得到前所未有的快樂，誰知腦海裡的魔鬼就會跑出來潑冷水：「你這個人根本不值得。」對於快樂這件事，我曾經也像《人間失格》的太宰治一樣：「膽小鬼連幸福都害怕，碰到棉花也會受傷。」

為什麼會這樣？原生家庭影響我們的性格及價值觀，當我們自覺不完美，伴隨出現便是「我不配擁有快樂」的愚蠢想法，就算真的擁有，也會覺得快樂隨時在手心流逝。但我想說，人不完美，如果你不配或不值得快樂，那全世界所有人都跟你一樣不配和不值得。如果快樂需要被允許，那你必然是允許自己快樂的國王和皇后。

心理學家榮格（Carl Jung）說過：「真正的自信，不是自我感覺良好，而是當我感覺不好，我依然『完整』。」一百歲的人生，甚至抵不上永恆中的一秒，追求完美人生是不可能的，但我們應當努力追求完整人生。

63

忙著擔憂，
總好過內心毫無裝載。

擔憂是一種福氣。

有個人、有件事使你受折磨，最後笑喊一番，總好過內心空洞如空氣，當生命什麼都沒有裝載，等於你沒有東西可以捨棄，亦即你生命中不存在過擁有。

64

不能把全部溫柔
都送給別人，
你要留一點給自己。

往異國旅行，來到觀光勝地欣賞白天鵝在美麗湖景裡漫游，然後腳步停在一家舊式小書店門口，精心挑選明信片，最後你選了最美的那張，寫上好朋友的名字和地址，跑到最近的郵局，趕緊把這份來自遠方的溫柔體貼寄出去。

我想說的是，如果這個世界上沒有人為你寫一張明信片，那就永遠把最美的那張留給自己收藏紀念。

65

受傷是必然的，
最重要是活下來。

走一條太平道，也能跌倒；
走一條勝利道，也能失敗；
走一條常樂街，也能不快；
走一條牧愛街，也能沒愛。

世界上從來沒有好走的路，在路上收獲的傷口就像沉重行李，阻礙我們向未來旅程前進，如果此刻不能風花雪月，那就停下腳步，療傷亦如休養生息。

世界荒誕又病態，當一個人的受傷必然，死去活來必然，請必須記得，救自己的命永遠不是荒謬的事。活下來，才能回想當年往事，發現有過的傷口，只是生命的結構，只是一層美麗塵囂。

66

好好生活，
這世界總有個人
在惦記著你。

你敢不敢，從今天起，好好生活？
你敢不敢，在黑暗裡打開一盞燈？
你敢不敢，相信那是我給你的訊號：這世界有個人在惦記著你。
親愛的朋友，無論我在哪裡，我都在想念你啊。

第七章
但我不願讓你一個人

噢親愛的，你是如何抵達這裡的？／噢，胎兒

——美國詩人普拉絲（Sylvia Plath）

67

心

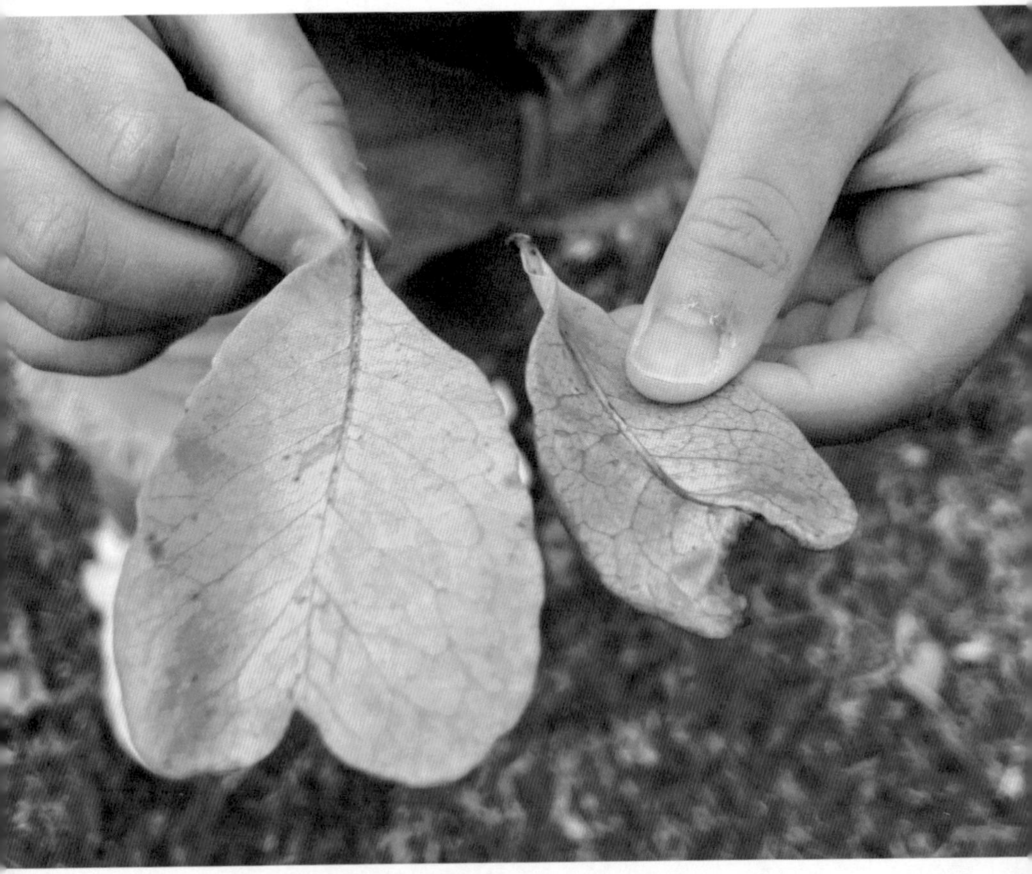

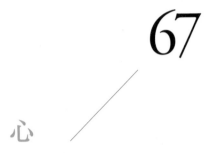

我有一顆，小小小的心
我的生活，或許不偉大
我的故事，或許不轟烈
但我一直，勇敢地活著

68

陪著你

面對一次性的人生
每個人都是活著的新手
如果生命的難題全年無休
那我們就從一首詩開始
好好練習
生活裡的美麗與哀愁
在這個世界裡
我會陪著你
慢慢勇敢、輕輕堅強

69

憂鬱正在開花

我們只是
一開始就憂鬱
與生俱來憂鬱
出門憂鬱、吃飯憂鬱、洗澡憂鬱
看電影憂鬱、聽音樂憂鬱、打電動憂鬱
孤單時憂鬱，戀愛時憂鬱，幸福時也憂鬱
微風吹過時憂鬱，太陽照耀時憂鬱
看地上的小草時憂鬱
看路邊的流浪者時憂鬱
應該是這世界太憂鬱了
我們才會看見這麼多的憂鬱
善良的人，去看看憂鬱吧
正在開花呢！

70

給你不用還

總有一些日子
總有一些纖細得像美工刀的雨
掉下來的時候
割傷為愛受苦的人

你還在雨裡嗎
如果不介意
我的傘給你不用還
畢竟我想為你做這件事很久了

71

厚臉皮

我已經在想你了
我已經在想你了
我已經在想你了

我告訴我自己
這不是一件丟臉的事

72 親愛的

把所有從天上掉下來的星星
都摺成上帝的眼睛給你
每次許願打開一顆
這樣祂就不會
把你的願望視而不見

73

訊號

天開始亮
黑暗剛撤離
但你知道
失眠的日子
今晚會重來
但我知道
宇宙萬物
與憂愁的人同在
星星被光汙染隱藏
但我想說
你的星星從未熄滅
從未

74

颱風

又一個颱風天
風雨的遊戲
在揉搓我們的日子
危險的是我是孤島
我沒有藍天白雲
幸好你也是憂傷的浪
雨下來了
你看得懂雨中
我的眼神

75

反省

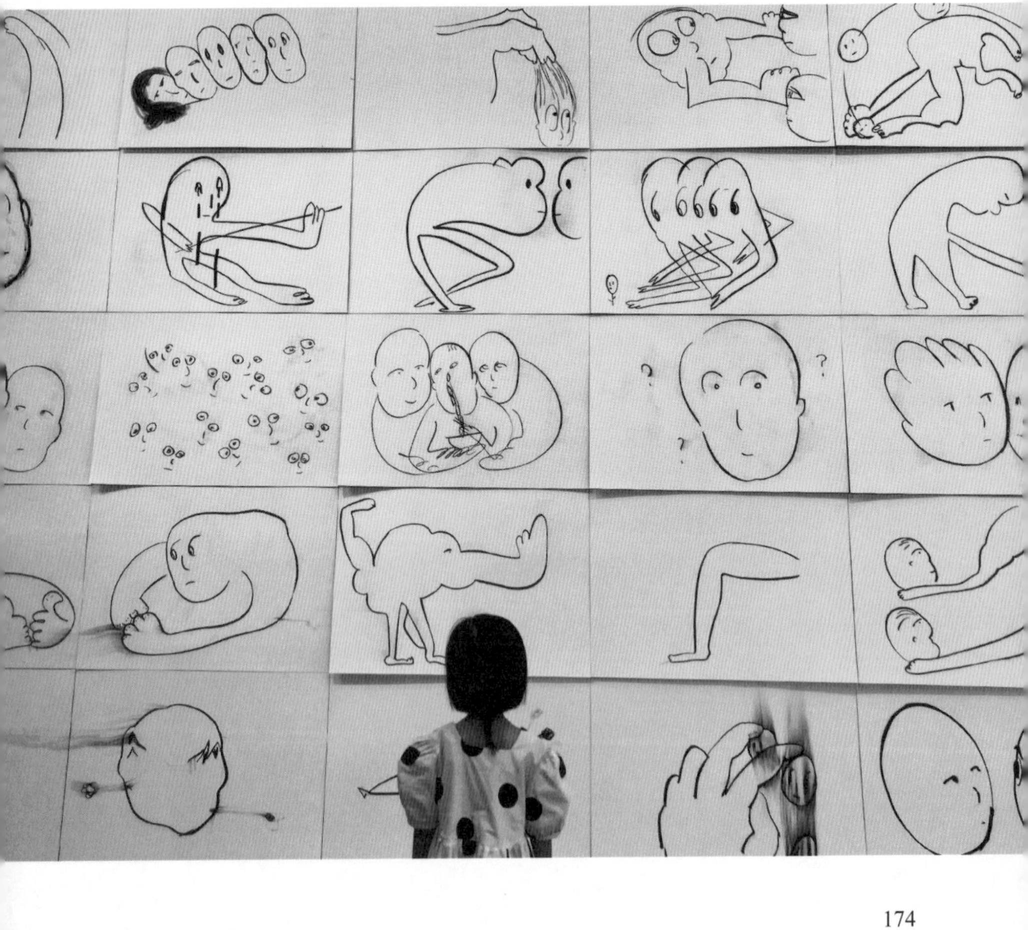

悲傷的孩子
跟幸福的人
一樣擁有
活在明天的權利
但是面對那些貧困飢餓的
我們不能簡單地說
那是世界的錯

76

善良

善良的人總是看到地獄
善良的人，未必快樂
未必健康，未必得到最好的愛
善良的人都是笨蛋
他們總是想辦法讓這個世界變得更好

77

晚安

閉上眼睛
關掉世界的電源
願我們夢裡的白雪
芳香且溫暖
現在有一個人睡在你身邊
至少今天不用活得那麼悲傷

78

超能力

「沒有一種思念是遙遠的。」
「只要你想起我，只要我想起你，
我們就在一起了。」

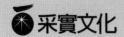

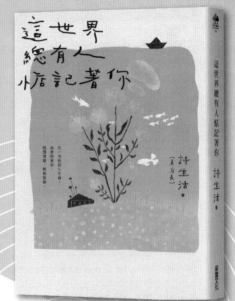

文字森林
READING FOREST
文字森林系列 036

這世界，總有人惦記著你

練習好好生活的 66 則詩語錄

作　　　者　詩生活（陸穎魚）
封 面 設 計　鄭婷之
內 頁 設 計　點點設計
主　　　編　陳如翎
行 銷 企 劃　林思廷
出版二部總編輯　林俊安

出 版 發 行　采實文化事業股份有限公司
業 務 發 行　張世明・林踏欣・林坤蓉・王貞玉
國 際 版 權　施維真・劉靜茹
印 務 採 購　曾玉霞・莊玉鳳
會 計 行 政　李韶婉・許俽瑀・張婕莛
法 律 顧 問　第一國際法律事務所　余淑杏律師
電 子 信 箱　acme@acmebook.com.tw
采 實 官 網　www.acmebook.com.tw
采 實 臉 書　www.facebook.com/acmebook01

I S B N　978-626-349-625-5
定　　　價　380 元
初 版 一 刷　2024 年 6 月
劃 撥 帳 號　50148859
劃 撥 戶 名　采實文化事業股份有限公司
104 台北市中山區南京東路二段 95 號 9 樓
電話：(02)2511-9798　傳真：(02)2571-3298

國家圖書館出版品預行編目資料

這世界，總有人惦記著你 / 詩生活 (魚店長) 著 . -- 初版 . -- 台北市 : 采實文化事業股份有限公司 , 2024.06
192 面 ; 14.8 × 21 公分 . -- (文字森林系列 ; 36)
ISBN 978-626-349-625-5(平裝)
855　113003599

采實出版集團
ACME PUBLISHING GROUP

文字森林
READING FOREST

文字森林
READING FOREST